ぼけ親父　小ぼけ女房
珍道中

その あいか
SONO Aica

文芸社

目次

物忘れ外来　5
手術前後　43
多分終盤　73
父胎着床　111
あとがきにかえて　139

これは、人生の旅の終わりに近づいた、自称ボケ
親父と小ボケ女房の、本気で本音の、ありのまま
の暮らしの詩集です。

物忘れ外来

物忘れ外来受診

男に
諸々の検査が行われ
認知機能テストも
そのひとつ
検査に臨む男は
真剣そのもの

同席の女は
初めて見る
本気の男に
胸が熱くなる

結果は
満点に近く
純粋な

アルツハイマーでは
ないらしい

診察日

「薬を飲んで
どうでしたか」と
一か月後の診察室
「気持ちが
だいぶ
楽になりました」と
男が答える
「そうだよねえ」
主治医が

ゆっくり
大きく頷《うなず》いて
男を
すっぽり包み込んだ

診断名

認知症より
ボケでいいよね
愛嬌があって
などと
老夫婦が
笑って
茶をすすする
昔は

「このボケ茄子が」
「頭の血の巡りが悪い」
なんて
面と向かって
言われても
どこ吹く風で
笑っていた
そういう時代だったね
などと

男と女

純粋で
ひたむきな
男という
生き物の

ことばが通り抜けた
放物線上に
業の深い
女の
おもいが重なると
絵画でもない
ポエムでもない
何とも
奇妙な
光景が顕れる

夜中の音

夜中に

音がする

ひたひたひた

ゴソゴソゴソ

何かが
壊れる
音がする

魂が
丸裸にされる
儀式の
音なのだろうか

ふたりの茶の間

病に侵された
男の笑いは
あどけなく
女のそれは
少々打算的

ふたりで
歩き続けて
歩き疲れて
たどり着いた
そこは

女にとって
着地点と思える
時も

あったりはする

節分

ほんとは
泣きたいんだけど
苦笑いして

ほんとは
怒りたいんだけど
薄ら笑いで

会話も
転げて

バランスを崩した

関係の
福は内
鬼も内

世迷い言

パジャマのボタンが
かけられない

腕時計が
はめられない

それなのに
あれもしてもらえない
これもしてもらえない

俺は
虐待されている
男がまた
ひとり言

隣近所で
ひとり言

それができなくて

女は
挑発的な言動などと
屁理屈こねて
男を責める

けれど

歳を重ねた男が
否応なしに
引き受けた
生きづらさの
言動なのだから

いい加減
女も
笑って
受け入れればいいものを

ある日の老夫婦

言葉が出てこない
すぐに忘れてしまう

出来ないことばかりが
増えて
自分に
自信がもてなくて
迷惑ばかりかけてと
男が言う

ありがとうの言葉を
いっぱい
貰っているから
それでもいいよと
女が言う

勘違い

午後までに
爪切り
探しておいてね
女が言う
わかった
男が言う

じゃあ
夕方までには
お願いね
また女が言う
わかった
また男が言う

女は

〃ちっ〟と舌打ちして
自分は
まともだと言いたげだ

お互い様

歳相応の
体調を気にしながら
飲めるうちが花
などと
「乾杯！」のふたり

今夜は
ちょっと奮発して
ぶりの照り焼きだ

「これ何？」男が聞く
「何という魚？」
とはこない

まお互い様かと
「牛ちゃんのステーキだよ」
女が笑って言う

曖昧な茶の間

言葉の中に
時間が流れ

仕草の中に
時間が流れ

曖昧な笑いが
交差する
日常

男の後ろ姿

大きくて
小さい
男の後ろ姿に
一日中
語りかけていた

私は
きっと
今の

そこが好きなのだ
肩で風を切って歩いていた
男のそこは
隙間だらけの
饒舌になって
そこが
〝ほっ〟とできる
場所だから

絵手紙

もう
涙なんか
流すものかと
決めていたのに

言葉にすると
また
ちぐはぐな
けんかにもならない
けんかになるから

碧い空は見えていますか
春のにおいはどうですか
などと
絵手紙を描く

女子会

ひとは
生きていたようにボケていくから

怖いよねえなどと

言葉が通り過ぎた
直線の上で
視線が通り抜けた
曲線の上で
下っ腹を
ゆらゆら揺らして
ベリーダンスの
後期高齢者

あんたら
大事なとこの
タガは
外れていませんか

いつでもOKだよ

老夫婦が茶をすする
初冬の茶の間

男が
財布の中を点検しながらひとり言
この間貰った小遣い
どこにしまったかなあ

「『あんた
俺のお金盗《と》ったんべ！』
なんて言わないでね」
女が冗談まじりに言う
「俺はまだ
そこまでボケてねえ」
真顔で怒る男

でもいいよ
いちばん大切な人に
そう言うらしいから

クラス会

川越で
一泊のクラス会
ウキウキ準備する女に
「いい男でも
できたのか！」
男の怒声

むきになって反論し
涙をこぼす女

ちょっと
まずかったんじゃないの
今だったら
あ
これがそれか
と
許せたのに

その後に

直球の時もある
変化球の時もある
攻撃的な

言葉と
行為

少しは
楽になれたんだろうか
もっと
辛《つら》くなったんだろうか

熱中症で死ぬよ

室温三十一度を超えた
真夏の茶の間
エアコンが止まり
扇風機も止まり
雨戸も閉まって
黙々と夕食のふたり

寒いと言って
長袖のパジャマで
ベッドに入る男

翌日
かかりつけの
クリニック受診
「毎晩
寝汗をかいて……」
真顔で訴える男

切ないね

わざと
意地悪

言ってみた
ゴメンねが
返ってきて

熱い涙が
どっと
溢れた

不確かさの中

認知症医療の
第一人者が
八十八歳で
自らの認知症を公表された
「これが（私が）認知症です」

テレビで放映された
「自分の中の
不確かさが揺らいでいる」
と
言われた

不確かさって
何だろう
自分に
自信がもてなくなるのだろうか
自分が
よくわからなくなるのだろうか
それとも
不安に近いものなんだろうか

女は思った
同居の男の

恫喝《どうかつ》も
暴言も
これらの
裏返しだったのだろうか

自分は
心臓の発作がどうの
ニトロがどうのと
被害者ぶっていたけど
ただ
逃げていただけだったのだろうか

九十二歳で亡くなられた
大先生が
行きつけのカフェで
珈琲カップを片手に
満面の笑みの
映像が流れた

ふと
自分に向けられた
カメラに気がついた
その時の
お顔だった

ただ
笑っているだけの
素敵な笑顔だった

人生楽しんだ者勝ち

電車に乗って
バスに乗って
スタジオに行く

季節の香りを纏《まと》って
季節の色に染まって
タップダンスの
スタジオに行く

汗を流して
ルンルンルンルン気分の帰り道
「今何処？」
「もう電車に乗った？」
男からの電話

（だから
七時の電車に乗るって……）
足を踏み外しそうになる
駅の階段

タップの
おぼつかないステップも

こんなふたりの
ちぐはぐな会話も
味があって
いいではないかと思うけど
タップも人生も
完璧は
好きではないと思うけど

帰宅したら
ひとこと
毒舌を吐いて
あっけらかんと
笑ってしまおう

生きづらさ

あれができない
これもできない
生きている価値なんてない

またまた
男の
世迷い言

あんなこともされた
こんなこともされた

くだらない
女の
恨み言

今朝
男が言った
「俺が施設に入れば
少しは楽になれるね」

ゆうべ
（こんな夜中に）
などと思いながら
パジャマの着替えの
介助をしていた
女のせいだ

こんなことを
言える人だったのだと
女は思い
こんなことを
言わせてしまったのだと
女は思った

ほんとは
いい人だったんだ
この人

診察室

診察室で男が聞いた
「認知症の定義は
何ですか？」
開口一番
主治医に聞いた
「え？」
の表情の

主治医が答える
誠実に答える
丁寧に答える
「わかりました」
納得の男

何がわかったのだろう

今日の終わりに

俺の認知症は
神経ボケ

あんたの認知症は
天然ボケ
などと男が言いながら

今夜も
明るいうちから
陽気に
酒を飲む

女も
自虐に徹した
肯定には至らないけど
宙ぶらりんな自虐と
酔いは
目的ではなく
結果であるという
「山頭火」の
酒哲学に酔う

肝が据わって
それなりの
覚悟の

ふたりの
いちにちの
締めくくり

手術前後

手術決意

男の頸椎《けいつい》は
四個の骨が変形して
脊髄《せきずい》を圧迫し
まるで
瓢箪《ひょうたん》の連なりのような画像だった
いつも下肢《かし》の痺れを訴えていて
主治医に
何度も手術を勧められていたのに
頑なに拒んでいた

ついに
ふらつきが目立ち
転倒が気になってきた
ペンが持てなくなり
箸も持てなくなり

洋服の
ボタンが掛けられなくなった

「重症です」
「手術のリスクが大きいです」
「覚悟をしておいて下さい」
主治医に
何度も言われていた
「去年は
尻餅をついて
胸《きょう》腰《よう》椎《つい》の圧迫骨折でしたよね」
とも

手術の決意を余儀なくされ
日程が決まった

緊急入院

入院を目前に
家で腹《はら》這《ば》いに倒れた
まるで
コンニャクのような
男の四《し》肢《し》
顔を上げられない
横も向けない
窒息してしまう

女は
タクシーを呼んだ
こういう時は
救急車だろうが
何をしているのだ
女は

運転手さんに助けてもらい
乗車
病院に着いて
またまた
助けてもらい
車椅子にやっと乗る
外来窓口で
ストレッチャーに移され
即
入院

コロナ禍の中
家族の同席なしで
術前の説明を受ける女
あまりのリスクの大きさに
決断を
躊躇《ためら》う
一通りの説明のあと

主治医が言った
「患者さんに
暴力はありますか」
主治医は
真っ直ぐに女を見た
真剣そのものの表情に
女は圧倒される
手術承諾書に印を押す
「ここで
決めてしまって
いいのですか」
主治医が念を押す
不安で
押し潰されそうな女
「一任されていますので」
手術をすることは
大前提なのだ

受容

「神経が
膨らんでくれるといいのですが」
主治医の
ひとり言

医療を信じよう
手術で何が起ころうと
それが男の人生
男の
そこを
支えていこう
女はもう
揺るがない

家族に

報告した
家族も
納得した

手術当日

四時間に及ぶ
大手術が終わった
主治医が
「潰れていた神経が
膨らみました」
そう言って
術後の写真を見せてくれた
くびれはなくなっていた
（手術は成功したんだ）

間もなく男も
ストレッチャーで戻ってきて
ナースステーションの前
「ゆうべは
『家内に一目だけでも会いたい』
『電話で声だけでも』
そう
懇願されていたんですよ」
小声で話してくれた
担当の看護師さん
男は
生きて戻れないかもしれないと
覚悟を決めていたのだろう
「ちょっとだけ
話をしてもいいですよ」
笑顔で言ってくれた看護師さん
「お父さん」

「お父さん」
話しかけるが
どこから聞こえてくるのか
混乱の様子の男
やっと視線が合った
「おかえり」
「神経が膨らんだって」
耳元で言った
「ありがとう」
消え入りそうな声

五時半頃
女は
帰宅するタクシーに乗り込んだ
すると
何と
行く手を
虹が

大きく包み込んでいた
「虹ですね」
女は
思わず叫んでしまった
運転手さんがふり向いて
笑っていた
虹色に染まって
笑っていた

術後

洗濯物を届け
洗濯物を受け取り
様子を聞くだけの日々
絵手紙を

お願いするだけの日々

頸《くび》から
肩にかけて
固い補装具を装着し
すぐに
リハビリが始まるらしい

きもちは
穏やかなのだろうか
どんな自分と
向き合っているのだろう
看護師さんとは
ちゃんと
コミュニケーション
とれているのだろうか
我《わ》が儘《まま》を
押しとおして

迷惑は
かけていないだろうか
認知機能が
落ちてはいないだろうか

いや
そんな
ボケてる余裕など
ないはずだ
今は
辛すぎて
身体も
きもちも

リハビリ

隣の家の奥さんが
同じ病院に通院している

リハビリ室に向かう
男を見たという

歩行器に
ぶら下がるようにして
看護師さんに支えられ
歩いていたという

声を掛けたけど
振り向けないぐらい
頑張っていたという

そうか
頑張っていたんだ

経過

介助で
トイレに行った
介助で
食事をした
鉛筆が
持てるようになった
看護師さんに
経過を聞くだけの

コロナ禍の日々の中
週に一回
十五分
予約制で
面会が許可された

歩行器にしがみつくようにして
男が
病室から出てきた
ナースステーションの前の
女に気がついて
「よーっ」と
ひとこと言って
必死に
面会室に向かう

前へ

前へ
看護師さんに支えられ
歩く
後ろ姿が
愛おしい

自分の足で
歩いている
男が愛おしすぎて
女は
嗚咽が止まらない
看護師さんがふり向いて
「どうしたんですか」
と笑う
「だって
　歩いているんですよ」

十五分の間

女は
ズーッと涙を抑えきれず
男を
困惑させていた

転院

男は
間もなく
リハビリ病棟に移り
術後一か月目に
自分が勤務していた
リハビリテーションセンターに
転院した

面会はできないが

携帯の操作ができるようになり
様子がだいぶわかってきた

杖歩行
そして
訓練室での
独歩
まだまだ
固い補装具のまま

退院したい

柔らかい補装具になった
リハビリ用の箸に
そして
ふつうの箸で

うどんを食べられたと
感動の電話

だんだん
看護師さんを困らせることも
多くなってきて
電話での
不満が増えてきた
退院したいと繰り返し
予定よりも少し早く
退院が決まった

退院の前日
担当の看護師さんから
女に
電話が入った
「退院しても
家は

と
　大丈夫ですか」
「え？
……」
「何かあったら
すぐ逃げて下さい」
「……？」
何があったのか
教えてはもらえなかった

プライド

退院して
一か月が経った
夜間のトイレは
不安定な歩行のため
転倒予防で

リハビリパンツ

プライドを傷つけないように
手際よくを心がける女
「病院の看護師さんと同じだ
もう少し
優しく出来ないのかね」
男が
不満を漏らす

そうか
そういうふうに感じるのか

これから

二か月が過ぎた

七十九歳と
七十八歳の
老夫婦
お互い
自分らしく生きられない状況が
あったりするが
歳を重ねた者が背負う
宿命なのだろう

意に沿わない言動で
お互いを
傷つけ合ったりもするが
あっけらかんと笑って
生きていくしかない

ふたりが
どこを
どう歩いてきたかなど

詮索しても
仕方ない

忘れて
何もなかったことにするには
大変すぎる作業だけれど
それも
旅立ちの
準備であるに違いない

日々の暮らし

痺れは
だいぶ楽になったらしい
痛みも
改善の様子

家の中は
杖歩行

どんどん歩いて
筋力をつけなければと
焦る女

意欲が湧かない
できないと
グチばかりの男が
ついに
「認知症のせいだ」
と
怒り出す

今はもう

自宅で開業していた
リハビリの仕事も
鍼《はり》治療も
できなくなった
飲み友達との
交流もなくなった

何もすることがない
何処にも
行くところがない
やりたいこともない
生きてる価値がない
力なく言う男

私は

そういうあんたの
どこを支えればいいの
言葉をのみ込む女

何処へ何時に

何処へ行くの
男が言う
スーパーでしょ
女が鬱《うつ》陶《とう》しげに答える
今日は和太鼓
明日はタップダンス
いいね
行くところがあって
友達と会うのは

何時の電車？
何時に帰ってくるの？

日課になった
ふたりの会話

ふと

今日は久しぶりに
デパートで買い物

JRの改札で
カードをタッチ
バスに乗る時も
シニアパスをタッチ
買い物もカード

男に話すと
俺はまるで
浦島太郎だと笑う

女は
〝はっ〟と気がつく
そうか
そういうふうに
寂しいんだ

多分終盤

杖歩行

男は
杖をついて
背中を丸めて
携帯を
ポケットに入れて
一歩一歩
家の中を
歩く

今日は
二千歩しか歩いてない
などと
うなだれる
家の中は
歩数には

数えてもらえないんだよ
飽きもせず女が言う

探し物

男が
茶の間で
何やら
怒鳴っている
「この
バカ親父が！」
女が刈り上げた
虎刈りの白髪頭に
げんこつをくれている
どうやら

携帯を探しているらしい
盗み見の
女の傍らで
充電中のガラケーが笑う
「私はここよ」

もしかして幸せ

今夜は
クリスマスイブ
ワインも
ゴディバのチョコレートも
頂いてあるからと
「乾杯！」の老夫婦
早速、問題勃発
「刺身が掴めねえ」

「骨付きの肉なんて
どうやって食うんだ」

話題は
どんどん
エスカレート

「オレは
羽根布団が重くて
寝返りができなくて
死にそうだ」

「え……？
じゃあ
空気布団でも買ってこいと？」

むきになる女

「あ、そういうの
売ってるの？」

男は超真面目
（売ってるわけないよ！）

愛嬌愛嬌と
笑って
「おやすみ」を言って
男を寝かしつけれぱ
静かな
クリスマスイブ

病識

年の暮れ
女は
このごろ男が
怒りっぽくて
困ったもんだと
思いつつ

定期の病院受診

「どうですか」
主治医と男の視線が合う
「怒りっぽいです」
男がきっぱりした口調
（あ、わかってるんだ）
女が主治医を見る

「薬、追加しておきましょう」
男に確認の視線を向ける主治医に
男の表情が
少しゆるむ

これって共感

何だか
きもちが少し
おかしい
小正月の女

男のことを
（わかるなあ）が増えてきて
男のことで
悩むことが増えてきて

胸の奥の方が
なにやら
ざわついて
きもちが
じっとしていられない

詩画集

男が
黙々と
色鉛筆画に向かう
書き直しては
色を重ねて
また
重ねて
でも
どこか寂しげで

女が提案する
「一緒に
詩画集作ろうか」

すると

男の
目の色が変わって
勢いがある
構図と
色使いに
拍車がかかる

誰のせいでもない

これがこうだから
こうでしょ
そういう
当たり前のことが
わからないらしく
周囲への

迷惑や失礼も
わからなくて

哀しいのか
怒りたいのか
女は
益々
無口になる

立春

旅立ちの春
光の春
芽吹きの春

芽吹きには

人の命を摘むという
いっそ
そんな春に
埋もれてしまいたいと
思ったりする

でも
まだまだなんだと思う
ホントに
大変なのは

序奏

男のせいではないけれど

憎たらしい男の
無防備な寝顔は
胸が痛くなるほどに
人間らしくて
この男の最期だったら
ほんの少し
涙を
流せるかもしれない
などと

これからの
はじまりを
奏でられそうな
気がするけれど
そんな
生易しいもんじゃないこと
よくわかっている

春のにおいの中

甘い香りの
蝋梅に続いて
誰が
いつ
薄紅の
紅をさしたのだろう
紅梅の庭
そして次は
白梅へと

「最近
気持ちのコントロールが
できなくて」
男が診察室で訴える

庭に佇《たたず》む
余裕など
なかったんだ
男には

薬って何をするひと

薬って
怒りを
誘発させないひと？

それとも
浮上した怒りを
鎮めるひと？

笑うふたり

茶の間で
ふたりして笑った
どうでもいいことで
笑った
二十年近く
笑いがなかったことに
気がついた

ほんの
ひとときでも
こういうことが
在ったこと
記憶に
留めておきたい

持てあます女

ずっと、ずっと、ずっと
「それはDVだよ」と
言い続けてきた
ずっと、ずっと
「穏やかな暮らしがあれば
それだけでシアワセ」と
言い続けた

それが病気のせいだったと
頭では
わかりすぎるほど
わかっているのに
女は
どこかで
まだ

「しらばっくれてんじゃないよ」
そんなふうに
怒鳴りたくなる
自分がいること
知っている

正論かもしれない

ゆうべ夢を見た
長いブランクの後に復職した
看護職
ヤングが陰でコソコソ
「こんな事もできないんだね」
「仕事が遅いからペア組みたくない」
「ボケてんじゃないの」

ボケ看護師が
「あんたら
私の何がわかるのよ！」
反撃しそうになる

男の口癖
「オレを怒らせる
お前が悪い！」
これは
筋が通っている気がした

きれいごと

言いたいこと
いっぱいあるのに
やりたいことも

いっぱいあるのに
今は
たった一歩を踏み出すのに
全神経を集中させて
声もかけられない

丸くて
小さい背中
崇高で
神々しい背中

ならば
跪《ひざまず》いて
お世話をさせて
頂かなければ

なんて
きれいごとに

気がついてしまって
「バカ言ってんじゃないよ」
と
自分を制す女

ある日思う

思いも
記憶も
奪われてしまって
何もかもがなくなってしまう
ものでもないと思う
ただ

そこに
存在しているだけで
〝はっ〟と
傍らを
立ち止まらせて
しまうのだから

命の尊厳

この
掌《てのひら》に
載ってしまいそうに
軽くなっていく
人格

軽くなって
軽くなれば
なるほど
香り立つ
老いぼれ男の
命の
立ち位置

女の業の深さ

どこまでが
わかって
やっているのか
どこからが

病気のせいなのか

どっちも
病気のせいであるに違いない

わかっているけど
つい
鬼の顔になってしまう

男の身体

真夏の
猛暑の中
男はフリースを着て
寒い寒いを連発しながら
俺はなんでこんなに

汗をかいてるんだ
と怒る

身体は正直で
悲鳴をあげてるんだから
あんたおかしいよって
頭に文句つけてやりなよ
皮肉たっぷりに女が言う

「そうか」と
男は素直に納得
「え？」
の女

ひたむきな生きざまに

三度目の
認知機能テストに
食らいついていく男

これが
男の
生きざまだったのだ
こうやって
家族を
守ってきたのだ
女は
自分を恥じた

結果は
去年より

さらによく
自分に
限界を決めつけない
男のまえで
女は
自分を恥じた

本気が問われるとき

言ってやった
自分に

大好きな和太鼓を
やめたけど
生きがいだった

タップダンスもやめたけど
男のせいにするんじゃないよ
と

自分の本気度が
その程度だったのだから
本気で好きは
狂気を孕《はら》んで
なんて
格好つけていたけど

ショートステイ

空威張りされると
無性に腹が立つが

今日は
嫌だとも言わずに
職員さんに手を引かれ
居室に向かう
男

何だか
涙が出た

ふたりの形

はじめて
一緒に暮らしている
相棒のことを考えた

これからが
ふたりにとって
形を整える
終盤だ
良くも
悪くも

何をすればいいのだろう
どうなりたいのだろう
自分たちは

自傷行為

「またそんなこと言って！」
虫の居所が悪かった
女が

すごい剣幕で
男を怒り飛ばす

「俺はまた
ひどいこと言ってしまった」
男が
自分の頭に
思い切り
ゲンコツをくれた

女は
自分が
殴られた
気がした

今ここ

円錐形の
お日さまの
光を浴びて

女は
男の
髪を切る
白髪だらけの
髪を切る

今
幸せなんだろうか
全てを
女に委ねて
この人は

ありがとう

頼りなげな
ありのままを
見せてくれるから
哀しくなって
切なくなって
ありがとうの
きもちが
自然に湧いてきて
恨み言で
人生
終わらなくて

いつもいつも
そうではないけれど
幸せな男と女で

いられそうな
そんな気がする

自宅がなくなる日

お日さまが出ているのに
雪が舞う
クリスマスイブの朝

区画整理で
解体される家の
玄関の鍵を開ける女
背後で
ヨタヨタ歩きの男が
杖を振り上げ
「ありがとう」と

泣いている
女も
振り向けずに
泣いた

犬のジローが眠り
猫のエイトが眠り
「咲いてもいいですか」と
躊躇いながら
蝋梅が匂う庭

此処に
ふたりが
帰ってくることは
もう
ない

都忘れも

花茗荷《はなみょうが》も
シャガの花も
根こそぎ
なくなる
庭

日課

酒を飲んではいけないと
言われているのに
男は男で
女は女で
飲みたい酒を飲む
「いいよね」
などと言いながら

「いいことにしよう」
などと言いながら

酒を飲んだ
男を
寝かしつけ
三時間経ったら
就寝前薬を飲ませ
ふたりして
おやすみを言って
朝起きて
ふたりが
おはようと言えたら
それで
全てOK

それで
いいことにしよう

父胎着床

令和五年が明けて

とりあえず
穏やかな
新しい年が明けて
男は
我慢しているのだろうか
そのまんまなのだろうか

時々
「すまないねえ」
と言う
可愛い認知症
と思う
女の
気持ちの半分は

まだまだ
半分

デイサービスの朝

迎えの
車を待つ
陽だまりの
ベランダ

ひとつの
塊のふたり
ひとつの
色に染まるふたり

ゆうべ

挑発に乗って
声を荒げた女が
ごめんねを言う
何も覚えてない
男が
あどけなく笑う

覚えてない自分がわかるのは
辛いことなんだろう

ずっとずっと以前
ははが言っていた
「頭の中が
カーッと熱くなってくると
攻撃的になる自分の
抑えがきかなくなる」

こういうふうに

辛かったのだろうか
「ショートステイを決める前に
頭の手術を」と
主治医の
紹介状を持って
手術を受けた
はは

男が
定年退職を迎えた
三月三十一日の夜
挑発に乗ってしまった男と
ははの間に
三度目の
修羅場があって
そこから
ふたりの
関係は

切れた

そこから
デイサービスの
迎えを待つことも
なくなった
などと
二十年以上前の出来事が
ふと
女の脳裏をよぎる
そんなふたりが
おんなじ色に染まる
朝

飛び立つ準備

ひとも
昔
空を飛んでいたのだろうか

背中にその
痕跡を残して

何処に
飛んでいきたいのだろう
夕方の
鈍い
光を浴びて
入浴中の男は
飛び立つ

決意も
エネルギーも
見えない背中

きもち

一緒だけど
ひとりの
この頃
ひとりだけど
一緒の
この頃

何かが
ちょっと変わって

何かが
大きく変わった
女にとってのこの頃

あの日
男の背中に
神を見て
香り立つ
命を感じて
きれいごとに
気がついてしまって
でも私
そんなに
優しくなれないよと
自分に言って

今でもそれは
ホントのこと

シアワセについて

めんどくさい脳みそと
死ぬまで
付き合っていくのだから
この辺で
よしとするか

屁理屈こねても
どうにもならないことは
どうでもいいことなんだから

今ここに
足りないものは
何もない
それだけのことだ

それだけで
いいではないか

これからの人生

人生は
思いもよらない
ことばかり
思いどおりにならない
ことばかり

気持ちも
身体も
不調だらけ
それでも

いま
この時だけを
丁寧に生きていけば
それでいいさ

振り返る

水を抜いて
色も抜いて
日々
軽くなっていく
細くなっていく
男と
女の
歩いてきた
道に

意味は
あったのだろうか

意味なんて
在ったと思えば
あったし
無かったと思えば
なかったさ

聴く

歳を重ねて
力が抜けると
厄介な
自我も抜けるらしい

そういう時だ
物言わぬ自然が
内なる自分に
語りかけてくるのは
そういうことだったのか

男の
夥《おびただ》しい沈黙が
語りかけてきたのは
歳を重ねた
女に

男と女のトンネル

トンネルは
エネルギーを
貯える所

たとえば
マイナスの
エネルギーであっても
生きていく
力になる

そういう
時がある

そこをくぐり抜けて
湧き出たエネルギーの方が

確かなものだった
そんな気がして

言ってみただけ

もうダメ
そう言って
涙の粒を
ひとつ落としたら

神様は
その手を
ちょっとだけ
ゆるめて
下さるのだろうか

などと

言葉にできたのは
半分
乗り越えられた
領域らしい

今はまだ無理

ふたりで
海を
歩いてみたい
雲に乗ってみたい
背中に羽根を付けて
空も飛んでみたい

だから
予行練習で
ふたり
手を繋いで
散歩などしてみたいけど
そしてそれは
ずっとずっと女にとって
夢だったけど
そこまではまだ
気持ちが
ついていけなくて
愚かな女

問い

ふたりにとって

今は
いつですか
ふたりの旅は
まだまだ
続くのですか

あそこのあの人

あそこの
あの人がね
うんうん
あそこの
あの人ね

昔は
それで十分通じていたから
娘たちに
ほらまた
と
笑われていた

笑われていた時が
花だった

今はそれさえも
ままならなくて
言葉が詰まる
男

「えーと」
「えーと」
言葉を探す

言葉は
眠っているのだろうか
行方不明なのだろうか
それとも
死んでしまったのだろうか

認知症って

この間
ケアマネージャーさんと
会話していて
男が言った
「俺のADLは」
会話の中に
ちゃんと溶け込んで

女と
ケアマネージャーさんが
驚いた表情で
顔を見合わせる
男がにんまり
「だから
認知症は
楽しいんだ」

夫と妻

男と女は
夫と妻に
なれたのかもしれない
足りないものだらけの

ふたりだけど
つまずいてばかりの
ふたりだけど
そのたびに
同居人が
棲み着いて
歳を重ねた
ふたりのそれは
若い人のそれよりも
少しばかり
味も匂いも
深くて

いざという時には
そいつらが
総動員で
助けてくれるのだ
「生きてりゃ

何とかなるさ」
などと
居候は
肝が据わっていて

そういう
同居人を
宿している
ふたりだから

父胎着床

この頃
女の身体の
深い所で
何やら

蠢《うごめ》くものがある

女は
その正体を知りたくて
日々
模索していた

胎動に
近いものらしい

男の
きもちと触れあって
女の
きもちが触れあって
肉体という
衣をお返しするとき
新しく生き始める
生命のような気がする

空に
風に
大地に
あまねく
おわす
おおいなるものに
抱きとられた
今

とおい日の
約束どおり
あまたの試練を用意されて
今

あとがきにかえて

三年前の秋、「地域包括支援センター」に相談に行った私は、夫の「物忘れ外来」受診を勧められました。

夫は「一連の言動が、俺の責任でなくなるのなら」と、受診を承諾してくれました。

（あ、夫も苦しんでいたんだ）

私は、複雑な気持ちでした。

受診初日、諸々の検査が行われ、「前頭側頭葉《ぜんとうそくとうよう》には、既に変性もみられ、ドーパミンは正常値ギリギリ」との診断で、夫は、少し〝ほっ〟としたように見えました。

薬が処方され、定期的に病院受診が始まりました。月に一度、ケアマネージャーさんが自宅にきて下さり、薬剤師さんも薬を届けに来て下さり、見守られながら、日々の暮らしも、徐々に落ち着いてきました。

週に二回、デイサービスでお世話になり、ショートステイも利用させて頂きながら、二人の関係も変わってきました。

自称「ボケ親父」と、昔から「お母さんのボケは天然か本物かわからない」と、娘たちに笑われている「小ボケ女房」の、少しおかしな暮らしが始まりました。

一昨年の秋、タップダンスの友達からヌーヴォーをプレゼントされたので、夫と「乾杯」。酔いが回った二人の会話はスムーズで、私は「あなたは、ほんとはいい人だったんだね」と、軽く言いました。

すると夫は涙をこぼして、不器用な手でそれを拭い始めました。

私はびっくりして、でも何だか自分も哀しくなって、一緒に泣いてしまいました。

しばらく、二人で泣いていました。

そして、いい人を生きられないのが、認知症の生きづらさなんだねなどと、話題はどんどん発展し、夫は、自分たちのことを本に纏めてみようと言いました。

私は意外でした。

(あ、病気の周辺を書いてもいいんだ)

とはいえ、プライドを傷つけるようなことは書けないし、と、そのことは、そのままになっていました。

区画整理で、昨年の秋、仮設住宅に移りました。夫は「狭い、狭い」と文句を言っていますが、私には適度な空間で、快適です。

夫と、茶の間で過ごす時間が増え、私は、夫の怒りを誘発させる場面が、少なくなってきた気がしています。

そんな変化を、夫は感じてくれたのでしょうか、少しずつ変わってきました。

夫が、自分らしく生きているかといえば、そうではありませんが、夫は「ボケ親父だけど、仲良くやっていこう」と言いました。

(今さら何言ってるの)と、まだ、そこの域を超えられない私でした。

夫は「俺も話題を提供するから、やっぱり、本に纏めよう」と、また言いました。

(本気で、本音を書いてみようかな)

そんな覚悟も生まれ、私にとって書くという行為は、やっぱり、セルフカウンセリングでした。数えきれないほどの、気づきをもらいました。


先日、ある有名人が、自らの前頭側頭葉型認知症をテレビで公表されていました。「認知症の十パーセントを占めるこの病を、理解してもらえるきっかけになれば」と。

私も、拙いこの本を手にとって下さった方が、そういうふうに読んで下さると嬉しいです。

纏め終えた今、二人の間に何があったかなんて、今はもうどうでもいいことになりました。それは、きっと、自分たちにとって、必要な時間だったのでしょう。

私にとっての、その終結は、自分の力ではどうにもならないことでしたから、誰かが、助けて下さったのでしょう。

頑張って、忘れようなんて考えていたこと自体が、傲慢でした。

これからは、二人で、リズムのずれたステップを楽しみながら、形を変えた夫と妻を、生き抜いていけたらいいなあと考えています。
二〇一九年、エッセイ集『ふつうってなに』を、文芸社様から無料出版して頂きました。このたび、また本を作って下さることになり、文芸社の皆様には本当にお世話になりました。ありがとうございました。

二〇二三年六月

その　あいか　記す

著者プロフィール
その　あいか
本名
谷田部　和子（やたべ　かずこ）
1943年、栃木県生まれ。
旺文社主催文部省後援第16回全国学芸コンクール詩部門
社会人の部第一位。
音楽鑑賞教育振興会第17回論文・作文募集最優秀賞受賞。
栃木県自分史友の会20周年記念第１回自分史グランプリ受賞。
第18、21回日本自費出版文化賞エッセー部門入選。

著書
詩集『胎動期』芸風書院
手記『みちのりはるか』照林社
震災詩集『かぜよおどれ』㈱井上総合印刷
闘病記録『かんぱいしてばいばい』㈱井上総合印刷
詩集『大震災でひとりぼっちになったねこ』創栄出版
エッセイ『いまここからを生きる』創栄出版
エッセイ『ふつうってなに』文芸社
詩集『77歳の和太鼓&タップダンス』㈱井上総合印刷　他

ぼけ親父　小ぼけ女房　珍道中

2023年９月15日　初版第１刷発行

著　者　その　あいか
発行者　瓜谷　綱延
発行所　株式会社文芸社
〒160-0022　東京都新宿区新宿１－10－１
電話　03-5369-3060（代表）
03-5369-2299（販売）

印刷所　株式会社フクイン

ISBN978-4-286-24473-0